論語卷之六

先進第十一

朱熹集註

此篇多評弟子賢否。凡二十五章。胡氏曰。此篇記閔子騫言行者四。而其一直稱閔子。疑閔氏門人所記也。

子曰。先進於禮樂。野人也。後進於禮樂。君子也。

先進後進。猶言前輩後輩。野人。謂郊外之民。君子。謂賢士大夫也。程子曰。先進於禮樂。文質得宜。今反謂之質朴。而以爲野人。後進於禮樂。文過其質。今反謂之彬彬。而以爲君子。蓋周末文勝。故時人之言如此。不自知其過於文也。

如用之。則吾從先進。

用之。謂用禮樂。孔子既述時人之言。又自言其如此。蓋欲損過以就中也。

○子曰。從我於陳蔡者。皆不及門也。從去聲

孔子嘗厄於陳蔡之間。弟子多從之者。此時皆不在門。故孔子思之。蓋不忘其相從於患難之中也。

德行。顏淵閔子騫冉伯牛仲弓。言語

宰我、子貢；政事：冉有、季路；文學：子游、子夏。行去聲

弟子因孔子之言，記此十人，而并目其所長，分爲四科。孔子教人各因其材，於此可見。○程子曰："四科乃從夫子於陳蔡者爾，門人之賢者固不止此。曾子傳道而不與焉，故知十哲世俗論也。"

○子曰："回也非助我者也，於吾言無所不說。"說音悅

助我，若子夏之起予，因疑問而有以相長也。顔子於聖人之言，默識心通，無所疑問。故夫子云然，其辭若有憾焉，其實乃深喜之。○胡氏曰："夫子之於回，豈真以助我望之。蓋聖人之謙德，又以深贊顔氏云爾。"

○子曰："孝哉閔子騫！人不間於其父母昆弟之言。"間去聲

胡氏曰："父母兄弟稱其孝友，人皆信之無異詞者，蓋其孝友之實，有以積於中而著於外，故夫子歎而美之。"

○南容三復白圭，孔子以其兄之子妻之。三、妻並去聲

宰我子貢政事冉有季路文學子游子夏行去聲

弟子因孔子之言記此十人而并目其所長分爲四科孔子教人各因其材於此可見○程子曰四科乃從夫子於陳蔡者爾門人之賢者固不止此曾子傳道而不與焉故知十哲世俗論也

○子曰回也非助我者也於吾言無所不說說音悅

助我若子夏之起予因疑問而有以相長也顏子於聖人之言默識心通無所疑問故其辭若有憾焉其實乃深喜之○胡氏曰夫子之於回豈真以助我望之蓋聖人之謙德又以深贊顏氏云爾

○子曰孝哉閔子騫人不間於其父母昆弟之言間去聲

胡氏曰父母昆弟稱其孝友人皆信之無異辭者蓋其孝友之實有以積於中而著於外故夫子歎而美之

○南容三復白圭孔子以其兄之子妻之三妻並去聲

詩大雅抑之篇曰。白圭之玷。尚可磨也。斯言之玷。不可爲也。南容一日三復此言。事見家語。蓋深有意於謹言也。此邦有道所以不廢。邦無道所以免禍。故孔子以兄子妻之。○范氏曰。言者。行之表。行者。言之實。未有易其言而能謹於行者。南容欲謹其言如此。則必能謹其行矣

○季康子問弟子孰爲好學。孔子對曰。有顔回者好學。不幸短命死矣。今也則亡。好去聲

范氏曰。哀公康子問同而對有詳畧者。臣之告君不可不盡。若康子者必待其能問乃告之。此教誨之道也

○顔淵死。顔路請子之車以爲之椁。

顔路淵之父。名無繇。少孔子六歲。孔子始教而受學焉。椁外棺也。請爲椁。欲賣車以買椁也

子曰。才不才。亦各言其子也。鯉也死。有棺而無椁。吾不徒行以爲之椁。以吾從大夫之後。不可徒行也

鯉。孔子之子伯魚也。先孔子卒。言鯉之才雖不及顔淵。然已與顔路以父視之。則皆子也。

孔子時已致仕。尚從大夫之列。言後。謙辭○胡氏曰。孔子遇舊館人之喪。嘗脫驂以賻之矣。今乃不許顏路之請何耶。葬可以無椁。驂可以脫而復求。大夫不可以徒行。命車不可以與人而鬻諸市也。且爲所識窮乏者得我而勉强以副其意。豈誠心與直道哉。或者以爲君子行禮。視吾之有無而已。夫君子之用財。視義之可否。豈獨視有無而已哉

○顏淵死。子曰。噫。天喪予。天喪予。喪去聲

噫傷痛聲。悼道無傳。若天喪已也

○顏淵死。子哭之慟。從者曰。子慟矣。從去聲

慟。哀過也

曰。有慟乎

哀傷之至。不自知也

非夫人之爲慟而誰爲。夫音扶。爲去聲

夫人。謂顏淵。言其死可惜。哭之宜慟。非他人之比也。○胡氏曰。痛惜之至。施當其可。皆情性之正也

○顏淵死。門人欲厚葬之。子曰。不可

喪具稱家之有無。貧而厚葬。不循理也。故夫子止之

門人厚葬之

蓋顏路聽之

子曰回也視予猶父也予不得視猶子也非我也夫二三子也

歎不得如葬鯉之得宜以責門人也

○季路問事鬼神子曰未能事人焉能事鬼敢問死曰未知生焉知死

焉於虔反

問事鬼神蓋求所以奉祭祀之意而死者人之所必有不可不知皆切問也然非誠敬足以事人則必不能事神非原始而知所以生則必不能反終而知所以死蓋幽明始終初無二理但學之有序不可躐等故夫子告之如此○程子曰晝夜者死生之道也知生之道則知死之道盡事人之道則盡事鬼之道死生人鬼一而二二而一者也或言夫子不告子路不知此乃所以深告之也

○閔子侍側誾誾如也子路行行如也冉有子貢侃侃如也子樂

誾侃音義見前篇行胡浪反樂音洛

行行剛強之貌子樂者樂得英材而教育之

門人厚葬之。蓋顏路聽之。

子曰：「回也視予猶父也，予不得視猶子也。非我也，夫二三子也。」歎不得如葬鯉之得宜，以責門人也。

○季路問事鬼神。子曰：「未能事人，焉能事鬼？」「敢問死。」曰：「未知生，焉知死？」問事鬼神，蓋求所以奉祭祀之意。而死者人之所必有，不可不知，皆切問也。然非誠敬足以事人，則必不能事神；非原始而知所以生，則必不能反終而知所以死。蓋幽明始終，初無二理，但學之有序，不可躐等，故夫子告之如此。程子曰：「晝夜者，死生之道也。知生之道，則知死之道；盡事人之道，則盡事鬼之道。死生人鬼，一而二，二而一者也。」或言夫子不告子路，不知此乃所以深告之也。

○閔子侍側，誾誾如也；子路，行行如也；冉有、子貢，侃侃如也。子樂。行，胡浪反。樂，音洛。行行，剛強之貌。子樂者，樂得英材而教育之。

若由也不得其死然

尹氏曰子路剛強有不得其死之理故因以戒之其後子路卒死於衛孔悝之難洪氏曰漢書引此句上有曰字或云上文樂字即曰字之誤

○魯人爲長府

長府藏名藏貨財曰府爲蓋改作之

閔子騫曰仍舊貫如之何何必改作

仍因也貫事也王氏曰改作勞民傷財在於得已則不如仍舊貫之善

子曰夫人不言言必有中

夫音扶中去聲

言不妄發發必當理惟有德者能之

○子曰由之瑟奚爲於丘之門

程子曰言其聲之不和與己不同也家語云子路鼓瑟有北鄙殺伐之聲蓋其氣質剛勇而不足於中和故其發於聲者如此

門人不敬子路子曰由也升堂矣未入於室也

門人以夫子之言遂不敬子路故夫子釋之升堂入室喻入道之次第言子路之學已造乎正大高明之域特未深入精微之奧耳未可以一事之失而遽忽之也

○子貢問師與商也孰賢。子曰。師也過。商也不及。

子張才高意廣。而好爲苟難。故常過中。子夏篤信謹守。而規模狹隘。故常不及。

曰。然則師愈與。與平聲

愈猶勝也

子曰。過猶不及。

道以中庸爲至。賢知之過。雖若勝於愚不肖之不及。然其失中則一也。○尹氏曰。中庸之爲德也。其至矣乎。夫過與不及。均也。差之毫釐。繆以千里。故聖人之教。抑其過。引其不及。歸於中道而已

○季氏富於周公。而求也爲之聚斂而附益之。

周公以王室至親。有大功。位冢宰。其富宜矣。季氏以諸侯之卿。而富過之。非攘奪其君。刻剝其民。何以得此。冉有爲季氏宰。又爲之急賦稅以益其富

子曰。非吾徒也。小子鳴鼓而攻之可也。

非吾徒。絕之也。小子鳴鼓而攻之。使門人聲其罪以責之也。聖人之惡黨惡而害民也如

此。然師嚴而友親，故己絕之，而猶使門人正之，又見其愛人之無已也。○范氏曰：冉有以政事之才，施於季氏，故為不善至於如此。由其心術不明，不能反求諸身，而以仕為急故也。

○柴也愚，

柴，孔子弟子，姓高，字子羔。愚者，知不足而厚有餘。家語記其足不履影，啟蟄不殺，方長不折。執親之喪，泣血三年，未嘗見齒。避難而行，不徑不竇。可以見其為人矣。

參也魯，

魯，鈍也。程子曰：參也竟以魯得之。又曰：曾子之學，誠篤而已。聖門學者，聰明才辯，不為不多，而卒傳其道，乃質魯之人爾。故學以誠實為貴也。尹氏曰：曾子之才魯，故其學也確，以能深造乎道也。

師也辟，辟，婢亦反。

辟，便辟也。謂習於容止，少誠實也。

由也喭。喭，五旦反。

喭，粗俗也。傳稱喭者，謂俗論也。○吳氏曰：此章之首，脫子曰二字。或疑下章子曰，當在此章之首，而通為一章。

○子曰：回也其庶乎，屢空。

庶。近也。言近道也。屢空。數至空匱也。不以貧窶動心而求富。故屢至於空匱也。言其近道。又能安貧也。

賜不受命。而貨殖焉。億則屢中。中去聲

命。謂天命。貨殖。貨財生殖也。億。意度也。言子貢不如顏子之安貧樂道。然其才識之明。亦能料事而多中也。程子曰。子貢之貨殖。非若後人之豐財。但此心未忘耳。然此亦子貢少時事。至聞性與天道。則不爲此矣。○范氏曰。屢空者。簞食瓢飲屢絕而不改其樂也。天下之物。豈有可動其中者哉。貧富在天。而子貢以貨殖爲心。則是不能安受天命矣。其言而多中者。億而已。非窮理樂天者也。夫子嘗曰。賜不幸言而中。是使賜多言也。聖人之不貴言也如是。

○子張問善人之道。子曰。不踐迹。亦不入於室。

善人。質美而未學者也。程子曰。踐迹。如言循途守轍。善人雖不必踐舊迹而自不爲惡。然亦不能入聖人之室也。○張子曰。善人。欲仁而未志於學者也。欲仁。故雖不踐成法。亦不蹈於惡。有諸己也。由不學。故無自而入聖人之室也。

○子曰。論篤是與。君子者乎。色莊者乎。與如字言但以其言論篤實而與之，則未知其為君子者乎？為色莊者乎？言不可以言貌取人也。

○子路問聞斯行諸子曰有父兄在如之何其聞斯行之冉有問聞斯行諸子曰聞斯行之公西華曰由也問聞斯行諸子曰有父兄在求也問聞斯行諸子曰聞斯行之赤也惑敢問子曰求也退故進之由也兼人故退之

兼人謂勝人也張敬夫曰聞義固當勇為然有父兄在則有不可得而專者若不稟命而行則反傷於義矣子路有聞未之能行唯恐有聞則於所當為不患其不能為矣特患為之之意或過而於所當稟命者有闕耳若冉求之資稟失之弱不患其不稟命也患其於所當為者逡巡畏縮而為之不勇耳聖人一進之一退之所以約之於義理之中而使之無過不及之患也

○子畏於匡顏淵後子曰吾以女為死矣曰子在回何敢死

女音汝

後謂相失在後何敢死謂不赴鬭而必死也胡氏曰先王之制民生於三事之如一惟其所在則致死焉況顏淵之於孔子恩義兼盡又非他人之為師弟子者而已即夫子不幸而遇難回必捐生以赴之矣

而遇難回必捐生以赴之矣捐生以赴之幸而不死則必上告天子下告方伯請討以復讎不但已也夫子而在則回何爲而不愛其死以犯匡人之鋒乎

○季子然問仲由冉求可謂大臣與與平聲

子然季氏子弟自多其家得臣二子故問之

子曰吾以子爲異之問曾由與求之問

異非常也曾猶乃也輕二子以抑季然也

所謂大臣者以道事君不可則止

以道事君者不從君之欲不可則止者必行己之志

今由與求也可謂具臣矣

具臣謂備臣數而已

曰然則從之者與與平聲

意二子既非大臣則從季氏之所爲而已

子曰弑父與君亦不從也

言二子雖不足於大臣之道然君臣之義則聞之熟矣弑逆大故必不從之蓋深許二子

而遇難回必捐生以赴之捐生以赴之幸而不死則必上告天子下告方伯請討以復讎不但已也夫子而在則回何為而不愛其死以犯匡人之鋒乎

○季子然問仲由冉求可謂大臣與

與平聲

子然季氏子弟自多其家得臣二子故問之

子曰吾以子為異之問曾由與求之問

異非常也曾猶乃也輕二子以抑季然也

所謂大臣者以道事君不可則止

以道事君者不從君之欲不可則止者必行己之志

今由與求也可謂具臣矣

具臣謂備臣數而已

曰然則從之者與

與平

意二子旣非大臣則從季氏之所為而已

子曰弒父與君亦不從也

言二子雖不足於大臣之道然君臣之義則聞之熟矣弒逆大故必不從之蓋深許二子

以死難不可奪之節，而又以陰折季氏不臣之心也。○尹氏曰：季氏專權僭竊，二子仕其家而不能正也，知其不可而不能止也，可謂具臣矣。是時季氏已有無君之心，故自多其得人，意其可使從己也，故曰弑父與君亦不從也，其庶乎二子可免矣。

○子路使子羔爲費宰。

子路爲季氏宰而舉之也。

子曰：賊夫人之子。

夫音扶，下同。

賊，害也。言子羔質美而未學，遽使治民，適以害之。

子路曰：有民人焉，有社稷焉，何必讀書然後爲學。

言治民事神，皆所以爲學。

子曰：是故惡夫佞者。

惡，去聲。

治民事神，固學者事，然必學之已成，然後可仕以行其學。若初未嘗學，而使之即仕以爲學，其不至於慢神而虐民者幾希矣。子路之言，非其本意，但理屈詞窮，而取辨於口以禦人耳。故夫子不斥其非，而特惡其佞也。○范氏曰：古者學而後入政，未聞以政學者也。蓋道之本在於脩身，而後及於治人，其說具於方冊。讀而知之，然後能行，何可以不讀書也？子路乃欲使子羔以政爲學，失先後本末之序矣，不知其過而以口給禦人，故夫子惡其以死難不可奪之節而又以陰折季氏不臣之心也○尹氏曰季氏專權僭竊二子仕其家而不能正也知其不可而不能止也可謂具臣矣是時季氏已有無君之心故自多其得人意其可使從己也故曰弒父與君亦不從也其庶乎二子可免矣

○子路使子羔為費宰子路為季氏宰而舉之也

子曰賊夫人之子夫音扶下同賊害也言子羔質美而未學遽使治民適以害之

子路曰有民人焉有社稷焉何必讀書然後為學言治民事神皆所以為學

子曰是故惡夫佞者惡去聲治民事神固學者事然必學之已成然後可仕以行其學若初未嘗學而使之即仕以為學其不至於慢神而虐民者幾希矣子路之言非其本意但理屈詞窮而取辨於口以禦人耳故夫子不斥其非而特惡其佞也○范氏曰古者學而後入政未聞以政學者也蓋道之本在於修身而後及於治人其說具於方冊讀而知之然後能行何可以不讀書也子路乃欲使子羔以政為學失先後本末之序矣不知其過而以口給禦人故夫子惡其佞也

佞也

○子路曾晳冉有公西華侍坐。坐才卧反

晳，曾參父，名點。

子曰：「以吾一日長乎爾，毋吾以也。長上聲

言我雖年少長於女，然女勿以我長而難言。蓋誘之盡言以觀其志，而聖人和氣謙德於此亦可見矣。

居則曰：『不吾知也！』如或知爾，則何以哉？」

言女平居，則言人不知我。如或有人知女，則女將何以爲用也？

子路率爾而對曰：「千乘之國，攝乎大國之間，加之以師旅，因之以饑饉；由也爲之，比及三年，可使有勇，且知方也。」夫子哂之。乘去聲。饑音機。饉音僅。比，必二反，下同。哂，詩忍反。

率爾，輕遽之貌。攝，管束也。二千五百人爲師，五百人爲旅。因，仍也。穀不熟曰饑，菜不熟曰饉。方，向也，謂向義也。民向義，則能親其上，死其長矣。哂，微笑也。

求！爾何如？對曰：「方六七十，如五六十，

佞也

○子路曾晳冉有公西華侍坐。坐，才卧反。晳，曾參父，名點。

子曰：以吾一日長乎爾，毋吾以也。長，上聲。言我雖年少長於女，然女勿以我長而難言。蓋誘之盡言以觀其志，而聖人和氣謙德，於此亦可見矣。

居則曰：不吾知也。如或知爾，則何以哉？

言女平居，則言人不知我。如或有人知女，則女將何以為用也？

子路率爾而對曰：千乘之國，攝乎大國之間，加之以師旅，因之以饑饉；由也為之，比及三年，可使有勇，且知方也。夫子哂之。乘，去聲。比，必二反，下同。饉，音僅。哂，詩忍反。率爾，輕遽之貌。攝，管束也。二千五百人為師，五百人為旅。因，仍也。穀不熟曰饑，菜不熟曰饉。方，向也，謂向義也。民向義，則能親其上，死其長矣。哂，微笑也。

求！爾何如？對曰：方六七十，如五六十，

求也爲之比及三年可使足民如其禮樂以俟君子
求爾何如孔子問也下放此方六七十里小國也如猶或也五六十里則又小矣足富足也俟君子言非己所能冉有謙退又以子路見哂故其詞益遜

赤爾何如對曰非曰能之願學焉宗廟之事如會同端章甫願爲小相焉
相去聲
公西華志於禮樂之事嫌以君子自居故將言己志而先爲遜詞言未能而願學也宗廟之事謂祭祀諸侯時見曰會衆頫曰同端玄端服章甫禮冠相贊君之禮者言小亦謙辭

點爾何如鼓瑟希鏗爾舍瑟而作對曰異乎三子者之撰子曰何傷乎亦各言其志也曰莫春者春服既成冠者五六人童子六七人浴乎沂風乎舞雩詠而歸夫子喟然歎曰吾與點也
鏗苦耕反舍上聲撰士免反莫冠並去聲沂魚依反雩音于
四子侍坐以齒爲序則點當次對以方鼓瑟故孔子先問求赤而後及點也希間歇也作

求也為之比及三年可使足民如其
禮樂以俟君子
[illegible]
赤爾何如對曰非曰能之願學焉宗
廟之事如會同端章甫願為小相焉
[illegible]

[illegible]
點爾何如鼓瑟希鏗爾舍瑟而作對
曰異乎三子者之撰子曰何傷乎亦
各言其志也曰莫春者春服既成冠
者五六人童子六七人浴乎沂風乎
舞雩詠而歸夫子喟然歎曰吾與點
也
[illegible]

起也。撰，具也。莫春，和煦之時。春服，單袷之衣。浴，盥濯也，今上巳祓除是也。沂，水名，在魯城南，地志以爲有溫泉焉，理或然也。風，乘涼也。舞雩，祭天禱雨之處，有壇墠樹木也。詠，歌也。曾點之學，蓋有以見夫人欲盡處，天理流行，隨處充滿，無少欠闕。故其動靜之際，從容如此。而其言志，則又不過卽其所居之位，樂其日用之常，初無舍己爲人之意。而其胸次悠然，直與天地萬物上下同流，各得其所之妙，隱然自見於言外。視三子之規規於事爲之末者，其氣象不侔矣，故夫子歎息而深許之。而門人記其本末獨加詳焉，蓋亦有以識此矣。

三子者出，曾皙後。曾皙曰：「夫三子者之言何如？」子曰：「亦各言其志也已矣。」

夫，音扶。

曰：「夫子何哂由也？」

點以子路之志乃所優爲，而夫子哂之，故請其說。

曰：「爲國以禮，其言不讓，是故哂之。

夫子蓋許其能，特哂其不遜。

唯求則非邦也與？安見方六七十如五六十而非邦也者？

與，平聲，下同。

起也撰具也莫春和煦之時春服單袷之衣浴盥濯也今上巳祓除是也沂水名在魯城南地志以為有溫泉焉理或然也風乘涼也舞雩祭天禱雨之處有壇墠樹木也詠歌也曾點之學蓋有以見夫人欲盡處天理流行隨處充滿無少欠闕故其動靜之際從容如此而其言志則又不過即其所居之位樂其日用之常初無舍己為人之意而其胸次悠然直與天地萬物上下同流各得其所之妙隱然自見於言外視三子之規規於事為之末者其氣象不侔矣故夫子歎息而深許之而門人記其本末獨加詳焉蓋亦有以識此矣

三子者出曾皙後曾皙曰夫三子者之言何如子曰亦各言其志也已矣夫音扶

曰夫子何哂由也點以子路之志乃所優為而夫子哂之故請其說

曰為國以禮其言不讓是故哂之夫子蓋許其能特哂其不遜

唯求則非邦也與安見方六七十如五六十而非邦也者與平聲下同

曾點以冉求亦欲爲國而不見哂。故微問之。而夫子之答無貶詞。蓋亦許之。

唯赤則非邦也與。宗廟會同非諸侯而何。赤也爲之小。孰能爲之大。

此亦曾晳問而夫子答也。孰能爲之大。言無能出其右者。亦許之之詞。○程子曰。古之學者優柔厭飫。有先後之序。如子路冉有公西赤言志如此。夫子許之。亦以此。自是實事。後之學者好高。如人游心千里之外。然自身却只在此。又曰。孔子與點。蓋與聖人之志同。便是堯舜氣象也。誠異三子者之撰。特行有不掩焉耳。此所謂狂也。子路等所見者小。子路只爲不達爲國以禮道理。是以哂之。若達却便是這氣象也。又曰。三子皆欲得國而治之。故孔子不取。曾點狂者也。未必能爲聖人之事。而能知夫子之志。故曰浴乎沂。風乎舞雩。詠而歸。言樂而得其所也。孔子之志。在於老者安之。朋友信之。少者懷之。使萬物莫不遂其性。曾點知之。故孔子喟然歎曰。吾與點也。又曰。曾點漆雕開。已見大意。

顏淵第十二

凡二十四章

顏淵問仁。子曰。克己復禮爲仁。一日克己復禮。天下歸仁焉。爲仁由己。而由人乎哉。

仁者。本心之全德。克。勝也。己。謂身之私欲也。復。反也。禮者。天理之節文也。爲仁者。所以全

其心之德也。蓋心之全德莫非天理。而亦不
能不壞於人欲。故爲仁者必有以勝私欲而
復於禮。則事皆天理。而本心之德復全於我
矣。歸。猶與也。又言一日克己復禮。則天下之
人皆與其仁。極言其效之甚速。而至大也。又
言爲仁由己。而非他人所能預。又見其機之
在我而無難也。日日克之不以爲難。則私欲
淨盡。天理流行。而仁不可勝用矣。程子曰。非
禮處便是私意。既是私意。如何得仁。須是克
盡己私。皆歸於禮。方始是仁。又曰。克己復禮。
則事事皆仁。故曰天下歸仁。謝氏
曰。克己須從性偏難克處克將去

顏淵曰。請問其目。子曰。非禮勿視。非
禮勿聽。非禮勿言。非禮勿動。顏淵曰。

回雖不敏。請事斯語矣。

目。條件也。顏淵聞夫子之言。則於天理人欲
之際。已判然矣。故不復有所疑問。而直請其
條目也。非禮者。己之私也。勿者。禁止之辭。是
人心之所以爲主。而勝私復禮之機也。私勝。
則動容周旋無不中禮。而日用之間莫非天
理之流行矣。事。如事事之事。請事斯語。顏淵
默識其理。又自知其力有以勝之。故直以爲
己任而不疑也。○程子曰。顏淵問克己復禮
之目。子曰。非禮勿視。非禮勿聽。非禮勿言。非
禮勿動。四者身之用也。由乎中而應乎外。制
於外所以養其中也。顏淵事斯語。所以進於
聖人。後之學聖人者。宜服膺而勿失也。因箴
以自警。其視箴曰。心兮本虛。應物無迹。操之
有要。視爲之則。蔽交於前。其中則遷。制之於

其心之德也。蓋心之全德，莫非天理，而亦不能不壞於人欲。故為仁者必有以勝私欲而復於禮，則事皆天理，而本心之德復全於我矣。歸，猶與也。又言一日克己復禮，則天下之人皆與其仁，極言其效之甚速而至大也。又言為仁由己而非他人所能預，又見其機之在我而無難也。日日克之，不以為難，則私欲淨盡，天理流行，而仁不可勝用矣。程子曰：「非禮處便是私意。既是私意，如何得仁？須是克盡己私，皆歸於禮，方始是仁。」又曰：「克己復禮，則事事皆仁，故曰天下歸仁。」謝氏曰：「克己須從性偏難克處克將去。」

顏淵曰：「請問其目。」子曰：「非禮勿視，非禮勿聽，非禮勿言，非禮勿動。」顏淵曰：「回雖不敏，請事斯語矣。」

目，條件也。顏淵聞夫子之言，則於天理人欲之際，已判然矣，故不復有所疑問，而直請其條目也。非禮者，己之私也。勿者，禁止之辭。是人心之所以為主，而勝私復禮之機也。私勝，則動容周旋無不中禮，而日用之間，莫非天理之流行矣。事，如事事之事。請事斯語，顏子默識其理，又自知其力有以勝之，故直以為己任而不疑也。○程子曰：「顏淵問克己復禮之目，子曰：『非禮勿視，非禮勿聽，非禮勿言，非禮勿動。』四者身之用也。由乎中而應乎外，制於外所以養其中也。顏淵事斯語，所以進於聖人。後之學聖人者，宜服膺而勿失也，因箴以自警。其視箴曰：『心兮本虛，應物無迹。操之有要，視為之則。蔽交於前，其中則遷。制之於外。以安其內。克己復禮。久而誠矣。其聽箴曰。人有秉彝。本乎天性。知誘物化。遂亡其正。卓彼先覺。知止有定。閑邪存誠。非禮勿聽。其言箴曰。人心之動。因言以宣。發禁躁妄。內斯靜專。矧是樞機。興戎出好。吉凶榮辱。惟其所召。傷易則誕。傷煩則支。己肆物忤。出悖來違。非法不道。欽哉訓辭。其動箴曰。哲人知幾。誠之於思。志士勵行。守之於爲。順理則裕。從欲惟危。造次克念。戰兢自持。習與性成。聖賢同歸。

愚按此章問答。乃傳授心法切要之言。非至明不能察其幾。非至健不能致其決。故惟顏子得聞之。而凡學者亦不可以不勉也。程子之箴。發明親切。學者尤宜深玩。

○仲弓問仁。子曰。出門如見大賓。使民如承大祭。己所不欲。勿施於人。在邦無怨。在家無怨。仲弓曰。雍雖不敏。請事斯語矣。

敬以持己。恕以及物。則私意無所容而心德全矣。內外無怨。亦以其效言之。使以自考也。

○程子曰。孔子言仁。只說出門如見大賓。使民如承大祭。看其氣象。便須心廣體胖。動容周旋中禮。惟謹獨。便是守之之法。或問出門使民之時。如此可也。未出門使民之時。如之何。曰。此儼若思時也。有諸中而後見於外。觀其出門使民之時。其敬如此。則前乎此者敬可知矣。非因出門使民。然後有此敬也。愚按克己復禮。乾道也。主敬行恕。坤道也。顏冉之

學。其高下淺深於此可見。然學者誠能從事於敬恕之間而有得焉。亦將無己之可克矣

○司馬牛問仁。

司馬牛。孔子弟子。名犂。向魋之弟。

子曰。仁者其言也訒。訒音刃

訒。忍也。難也。仁者心存而不放。故其言若有所忍而不易發。蓋其德之一端也。夫子以牛多言而躁。故告之以此。使其於此而謹之。則所以爲仁之方。不外是矣

曰。其言也訒。斯謂之仁矣乎。子曰。爲之難。言之得無訒乎。

牛意仁道至大。不但如夫子之所言。故夫子又告之以此。蓋心常存。故事不苟。事不苟。故其言自有不得而易者。非強閉之而不出也。楊氏曰。觀此及下章再問之語。牛之易其言可知。○程子曰。雖爲司馬牛多言故及此。然聖人之言。亦止此爲是。愚謂牛之爲人如此。若不告之以其病之所切。而泛以爲仁之大槩語之。則以彼之躁。必不能深思以去其病。而終無自以入德矣。故其告之如此。蓋聖人之言。雖有高下大小之不同。然其切於學者之身。而皆爲入德之要。則又初不異也。讀者其致思焉。

○司馬牛問君子。子曰。君子不憂不懼

向魋作亂。牛常憂懼。故夫子告之以此。

曰。不憂不懼。斯謂之君子矣乎。子曰。內省不疚。夫何憂何懼。夫音扶

牛之再問。猶前章之意。故復告之以此。疚。病也。言由其平日所爲無愧於心。故能內省不疚。而自無憂懼。未可遽以爲易而忽之也。○晁氏曰。不憂不懼。由乎德全而無疵。故無入而不自得。非實有憂懼而強排遣之也。

○司馬牛憂曰。人皆有兄弟。我獨亡。

牛有兄弟而云然者。憂其爲亂而將死也。

子夏曰。商聞之矣。

蓋聞之夫子。

死生有命。富貴在天。

命稟於有生之初。非今所能移。天莫之爲而爲。非我所能必。但當順受而已。

君子敬而無失。與人恭而有禮。四海之內。皆兄弟也。君子何患乎無兄弟也。

既安於命。又當修其在己者。故又言苟能持己以敬而不間斷。接人以恭而有節文。則天

下之人皆愛敬之如兄弟矣。蓋子夏欲以寬牛之憂，而爲是不得已之辭，讀者不以辭害意可也。○胡氏曰：子夏四海皆兄弟之言，特以廣司馬牛之意，意圓而語滯者也，惟聖人則無此病矣。且子夏知此而以哭子喪明，則以蔽於愛而昧於理，是以不能踐其言爾。

○子張問明。子曰：浸潤之譖，膚受之愬，不行焉，可謂明也已矣。浸潤之譖，膚受之愬，不行焉，可謂遠也已矣。譖，莊蔭反。愬，蘇路反。

浸潤，如水之浸灌滋潤，漸漬而不驟也。譖，毁人之行也。膚受，謂肌膚所受，利害切身。如易所謂剝牀以膚，切近災者也。愬，愬己之寃也。毁人者漸漬而不驟，則聽者不覺其入，而信之深矣。愬寃者急迫而切身，則聽者不及致詳，而發之暴矣。二者難察而能察之，則可見其心之明，而不蔽於近矣。此亦必因子張之失而告之，故其辭繁而不殺，以致丁寧之意云。○楊氏曰：驟而語之，與利害不切於身者，不行焉，有不待明者能之也。故浸潤之譖、膚受之愬不行，然後謂之明，而又謂之遠。遠則明之至也。書曰：視遠惟明。

○子貢問政。子曰：足食，足兵，民信之矣。

言倉廩實而武備修，然後教化行，而民信於我，不離叛也。

子貢曰必不得已而去於斯三者何先曰去兵去上聲下同

言食足而信孚則無兵而守固矣

子貢曰必不得已而去於斯二者何先曰去食自古皆有死民無信不立

民無食必死然死者人之所必不免無信則雖生而無以自立不若死之爲安故寧死而不失信於民使民亦寧死而不失信於我也○程子曰孔門弟子善問直窮到底如此章者非子貢不能問非聖人不能答也愚謂以人情而言則兵食足而後吾之信可以孚於民以民德而言則信本人之所固有非兵食所得而先也是以爲政者當身率其民而以死守之不以危急而可棄也

○棘子成曰君子質而已矣何以文爲

棘子成衛大夫疾時人文勝故爲此言

子貢曰惜乎夫子之說君子也駟不及舌

言子成之言乃君子之意然言出於舌則駟馬不能追之又惜其失言也

子貢曰必不得已而去於斯三者何先曰去兵去上聲下同

言食足而信孚則無兵而守固矣

子貢曰必不得已而去於斯二者何先曰去食自古皆有死民無信不立

民無食必死然死者人之所必不免無信則雖生而無以自立不若死之為安故寧死而不失信於民使民亦寧死而不失信於我也程子曰孔門弟子善問直窮到底如此章者非子貢不能問非聖人不能答也愚謂以人情而言則兵食足而後吾之信可以孚於民以民德而言則信本人之所固有非兵食所得而先也是以為政者當身率其民而以死守之不以危急而可棄也

○棘子成曰君子質而已矣何以文為

棘子成衛大夫疾時人文勝故為此言

子貢曰惜乎夫子之說君子也駟不及舌

言子成之言乃君子之意然言出於舌則駟馬不能追之又惜其失言也

文猶質也質猶文也虎豹之鞟猶犬羊之鞟鞟其郭反

鞟皮去毛者也言文質等耳不可相無若必盡去其文而獨存其質則君子小人無以辨矣夫棘子成矯當時之弊固失之過而子貢矯子成之弊又無本末輕重之差胥失之矣

○哀公問於有若曰年饑用不足如之何

稱有若者君臣之詞用謂國用公意蓋欲加賦以足用也

有若對曰盍徹乎

徹通也均也周制一夫受田百畝而與同溝共井之人通力合作計畝均收大率民得其九公取其一故謂之徹魯自宣公稅畝又逐畝什取其一則爲什而取二矣故有若請但專行徹法欲公節用以厚民也

曰二吾猶不足如之何其徹也

二即所謂什二也公以有若不諭其旨故言此以示加賦之意

對曰百姓足君孰與不足百姓不足君孰與足

民富則君不至獨貧民貧則君不能獨富有若深言君民一體之意以止公之厚斂爲人

上者所宜深念也○楊氏曰仁政必自經界始經界正而後井地均穀祿平而軍國之須皆量是以為出焉故一徹而百度舉矣上下寧憂不足乎以二猶不足而教之徹疑若迂矣然什一天下之中正多則桀寡則貉不可改也後世不究其本而唯末之圖故征斂無藝費出無經而上下困矣又惡知盍徹之當務而不為迂乎

○子張問崇德辨惑子曰主忠信徙義崇德也

主忠信則本立徙義則日新

愛之欲其生惡之欲其死既欲其生

又欲其死是惑也惡去聲

愛惡人之常情也然人之生死有命非可得而欲也以愛惡而欲其生死則惑矣既欲其生又欲其死則惑之甚也

誠不以富亦祇以異

此詩小雅我行其野之詞也舊說夫子引之以明欲其生死者不能使之生死如此詩所言不足以致富而適足以取異也程子曰此錯簡當在第十六篇齊景公有馬千駟之上因此下文亦有齊景公字而誤也○楊氏曰堂堂乎張也難與並為仁矣則非誠善補過不蔽於私者故告之如此

○齊景公問政於孔子。

齊景公。名杵臼。魯昭公末年。孔子適齊。

孔子對曰。君君。臣臣。父父。子子。

此人道之大經。政事之根本也。是時景公失政。而大夫陳氏厚施於國。景公又多內嬖。而不立太子。其君臣父子之間。皆失其道。故夫子告之以此。

公曰。善哉。信如君不君。臣不臣。父不父。子不子。雖有粟。吾得而食諸。

景公善孔子之言而不能用。其後果以繼嗣不定。啓陳氏弒君簒國之禍。○楊氏曰。君之所以君。臣之所以臣。父之所以父。子之所以子。是必有道矣。景公知善夫子之言。而不知所以反求其所以然。蓋悅而不繹者。齊之所以卒於亂也。

○子曰。片言可以折獄者。其由也與。

折之舌反。與平聲

片言。半言。折。斷也。子路忠信明決。故言出而人信服之。不待其辭之畢也。

子路無宿諾。

宿。留也。猶宿怨之宿。急於踐言。不留其諾也。記者因夫子之言而記此。以見子路之所以取信於人者。由其養之有素也。○尹氏曰。小邾射以句繹奔魯。曰。使季路要我。吾無盟矣。

千乘之國不信其盟。而信子路之一言。其見信於人可知矣。一言而折獄者。信在言前。人自信之故也。不留諾。所以全其信也。

乎。

○子曰。聽訟吾猶人也。必也使無訟乎。

范氏曰。聽訟者。治其末。塞其流也。正其本。清其源。則無訟矣。○楊氏曰。子路片言可以折獄。而不知以禮遜爲國。則未能使民無訟者也。故又記孔子之言。以見聖人不以聽訟爲難。而以使民無訟爲貴。

○子張問政。子曰。居之無倦。行之以忠。

居。謂存諸心。無倦。則始終如一。行。謂發於事。以忠。則表裏如一。○程子曰。子張少仁。無誠心愛民。則必倦而不盡心。故告之以此。

○子曰。博學於文。約之以禮。亦可以弗畔矣夫。重出

○子曰。君子成人之美。不成人之惡。小人反是。

成者。誘掖獎勸以成其事也。君子小人所存既有厚薄之殊。而其所好又有善惡之異。故

其用心不同如此

○季康子問政於孔子。孔子對曰。政者正也。子帥以正。孰敢不正。范氏曰。未有己不正而能正人者。○胡氏曰。魯自中葉政由大夫。家臣效尤據邑背叛。不正甚矣。故孔子以是告之。欲康子以正自克而改三家之故。惜乎康子之溺於利欲而不能也

○季康子患盜。問於孔子。孔子對曰。苟子之不欲。雖賞之不竊。言子不貪欲。則雖賞民使之為盜。民亦知恥而不竊。○胡氏曰。季氏竊柄。康子奪嫡。民之為盜。固其所也。盍亦反其本耶。孔子以不欲啓之。其旨深矣。奪嫡事見春秋傳

○季康子問政於孔子曰。如殺無道。以就有道。何如。孔子對曰。子為政。焉用殺。子欲善而民善矣。君子之德風。小人之德草。草上之風必偃。焉於虔反為政者。民所視效。何以殺為。欲善則民善矣。上。一作尚。加也。偃。仆也。○尹氏曰。殺之為言。豈為人上之語哉。以身教者從。以言教者訟。而況於殺乎

其用心不同如此。

○季康子問政於孔子。孔子對曰：政者正也。子帥以正，孰敢不正？

范氏曰：未有己不正而能正人者。胡氏曰：魯自中葉，政由大夫，家臣效尤，據邑背叛，不正甚矣。故孔子以是告之，欲康子以正自克，而改三家之故。惜乎康子之溺於利欲而不能也。

○季康子患盜，問於孔子。孔子對曰：苟子之不欲，雖賞之不竊。

言子不貪欲，則雖賞民使之為盜，民亦知恥而不竊。胡氏曰：季氏竊柄，康子奪嫡，民之為盜，固其所也。盍亦反其本耶？孔子以不欲啟之，其旨深矣。奪嫡事見春秋傳。

○季康子問政於孔子曰：如殺無道，以就有道，何如？孔子對曰：子為政，焉用殺？子欲善而民善矣。君子之德風，小人之德草。草上之風，必偃。

為政者，民所視效，何以殺為？欲善則民善矣。上，一作尚，加也。偃，仆也。尹氏曰：殺之為言，豈為人上之語哉？以身教者從，以言教者訟，而況於殺乎？

○子張問：「士何如斯可謂之達矣？」達者，德孚於人而行無不得之謂。

子曰：「何哉，爾所謂達者？」子張務外，夫子蓋已知其發問之意。故反詰之，將以發其病而藥之也。

子張對曰：「在邦必聞，在家必聞。」言名譽著聞也。

子曰：「是聞也，非達也。聞與達相似而不同，乃誠偽之所以分，學者不可不審也。故夫子既明辨之，下文又詳言之。

夫達也者，質直而好義，察言而觀色，慮以下人。在邦必達，在家必達。夫，音扶，下同。好、下，皆去聲。內主忠信，而所行合宜，審於接物而卑以自牧，皆自修於內，不求人知之事。然德修於己而人信之，則所行自無窒礙矣。

夫聞也者，色取仁而行違，居之不疑。在邦必聞，在家必聞。行，去聲。

善其顔色以取於仁。而行實背之。又自以爲是而無所忌憚。此不務實而專務求名者。故虛譽雖隆。而實德則病矣。○程子曰。學者須是務實。不要近名。有意近名。大本已失。更學何事。爲名而學。則是僞也。今之學者大抵爲名。爲名與爲利雖淸濁不同。然其利心則一也。尹氏曰。子張之學。病在乎不務實。故孔子告之。皆篤實之事。充乎內而發乎外者也。當時門人親受聖人之敎。而差失有如此者。況後世乎。

○樊遲從遊於舞雩之下。曰。敢問崇德。脩慝。辨惑。慝吐得反

胡氏曰。慝之字從心從匿。蓋惡之匿於心者。脩者。治而去之。

子曰。善哉問。善其切於爲己

先事後得。非崇德與。攻其惡。無攻人之惡。非脩慝與。一朝之忿。忘其身以及其親。非惑與。

先事後得。猶言先難後獲也。爲所當爲而不計其功。則德日積而不自知矣。專於治己而不責人。則己之惡無所匿矣。知一朝之忿爲甚微。而禍及其親爲甚大。則有以辨惑而懲其忿矣。樊遲麤鄙近利。故告之以此。三者皆所以救其失也。○范氏曰。先事後得。上義而

下利也。人惟有利欲之心。故德不崇。惟不自省已過而知人之過。故慝不脩。感物而易動者莫知。忿忘其身以及其親。惑之甚者也。惑之甚者必起於細微。能辨之於早。則不至於大惑矣。故懲忿所以辨惑也

○樊遲問仁。子曰。愛人。問知。子曰。知人。

上知字去聲下同 愛人。仁之施。知人。知之務

樊遲未達。

曾氏曰。遲之意。蓋以愛欲其周。而知有所擇。故疑二者之相悖爾

子曰。舉直錯諸枉。能使枉者直。

舉直錯枉者。知也。使枉者直。則仁矣。如此。則二者不惟不相悖。而反相爲用矣

樊遲退。見子夏曰。鄉也吾見於夫子而問知。子曰。舉直錯諸枉。能使枉者直。何謂也。

鄉去聲見賢遍反

遲以夫子之言。專爲知者之事。又未達所以能使枉者直之理

子夏曰。富哉言乎。

歎其所包者廣。不止言知

舜有天下。選於衆。舉皐陶。不仁者遠矣。湯有天下。選於衆。舉伊尹。不仁者遠矣。選息戀反。陶音遥。遠如字。

伊尹湯之相也。不仁者遠。言人皆化而爲仁。不見有不仁者。若其遠去爾。所謂使枉者直也。子夏蓋有以知夫子之兼仁知而言矣。○程子曰。聖人之語。因人而變化。雖若有淺近者。而其包含無所不盡。觀於此章可見矣。非若他人之言。語近則遺遠。語遠則不知近也。尹氏曰。學者之問也。不獨欲聞其說。又必欲知其方。不獨欲知其方。又必欲爲其事。如樊遲之問仁知也。夫子告之盡矣。樊遲未達。故又問焉。而猶未知其何以爲之也。及退而問諸子夏。然後有以知之。使其未喻。則必將復問矣。既問於師。又辨諸友。當時學者之務實也如是。

○子貢問友。子曰。忠告而善道之。不可則止。無自辱焉。告工毒反。道去聲。

友所以輔仁。故盡其心以告之。善其說以道之。然以義合者也。故不可則止。若以數而見疏。則自辱矣。

○曾子曰。君子以文會友。以友輔仁。

講學以會友。則道益明。取善以輔仁。則德日進。

論語卷之六

廿三

六 羲吉書堂

六十 葉 鑒盟

論語卷之七

子路第十三

凡三十章

朱熹集註

子路問政。子曰：先之勞之。勞如字

蘇氏曰：凡民之行，以身先之，則不令而行；凡民之事，以身勞之，則雖勤不怨。

請益。曰：無倦。無古本作毋

吳氏曰：勇者喜於有爲而不能持久，故以此告之。○程子曰：子路問政，孔子既告之矣。及請益，則曰無倦而已。未嘗復有所告，姑使之深思也。

○仲弓爲季氏宰，問政。子曰：先有司，赦小過，舉賢才。

有司，衆職也。宰兼衆職，然事必先之於彼，而後考其成功，則己不勞而事畢舉矣。過，失誤也。大者於事或有所害，不得不懲；小者赦之，則刑不濫而人心悅矣。賢，有德者。才，有能者。舉而用之，則有司皆得其人而政益修矣。

曰：焉知賢才而舉之？曰：舉爾所知。爾所不知，人其舍諸？焉，於虔反。舍，上聲。

（仲弓慮無以盡知一時之賢才。故孔子告之以此。程子曰。人各親其親。然後不獨親其親。仲弓曰。焉知賢才而舉之。子曰。舉爾所知。爾所不知。人其舍諸。便見仲弓與聖人用心之大小。推此義。則一心可以興邦。一心可以喪邦。只在公私之間爾。○范氏曰。不先有司。則君行臣職矣。不赦小過。則下無全人矣。不舉賢才。則百職廢矣。失此三者。不可以為季氏宰。況天下乎。）

○子路曰。衛君待子而為政。子將奚先。

（衛君。謂出公輒也。是時魯哀公之十年。孔子自楚反乎衛。）

子曰。必也正名乎。

（是時出公不父其父而禰其祖。名實紊矣。故孔子以正名為先。謝氏曰。正名雖為衛君而言。然為政之道。皆當以此為先。）

子路曰。有是哉。子之迂也。奚其正。

（迂。謂遠於事情。言非今日之急務也。）

子曰。野哉由也。君子於其所不知。蓋闕如也。

（野。謂鄙俗。責其不能闕疑。而率爾妄對也。）

[illegible]○范氏曰：不先有司，則君行臣職矣；不赦小過，則下無全人矣；不舉賢才，則百職廢矣。失此三者，不可以為季氏宰，況天下乎？

子路曰：「衛君待子而為政，子將奚先？」衛君，謂出公輒也。是時魯哀公之十年，孔子自楚反乎衛。

子曰：「必也正名乎！」是時出公不父其父而禰其祖，名實紊矣，故孔子以正名為先。謝氏曰：「正名雖為衛君而言，然為政之道，皆當以此為先。」

子路曰：「有是哉，子之迂也！奚其正？」迂，謂遠於事情，言非今日之急務也。

子曰：「野哉由也！君子於其所不知，蓋闕如也。」野，謂鄙俗。責其不能闕疑，而率爾妄對也。

名不正。則言不順。言不順。則事不成。

楊氏曰。名不當其實。則言不順。言不順。則無以考實而事不成。

事不成。則禮樂不興。禮樂不興。則刑罰不中。刑罰不中。則民無所措手足。

中去聲

范氏曰。事得其序之謂禮。物得其和之謂樂。事不成。則無序而不和。故禮樂不興。禮樂不興。則施之政事皆失其道。故刑罰不中。

故君子名之必可言也。言之必可行也。君子於其言。無所苟而已矣。

程子曰。名實相須。一事苟。則其餘皆苟矣。○胡氏曰。衛世子蒯聵恥其母南子之淫亂。欲殺之不果。而出奔。靈公欲立公子郢。郢辭。公卒。夫人立之。又辭。乃立蒯聵之子輒。以拒蒯聵。夫蒯聵欲殺母。得罪於父。而輒據國以拒父。皆無父之人也。其不可有國也明矣。夫子為政。而以正名為先。必將具其事之本末。告諸天王。請于方伯。命公子郢而立之。則人倫正。天理得。名正言順而事成矣。夫子告之之詳如此。而子路終不喻也。故事輒不去。卒死其難。徒知食焉不避其難之為義。而不知食輒之食為非義也。

○樊遲請學稼。子曰。吾不如老農。請

學爲圃。曰。吾不如老圃。種五穀曰稼。種蔬菜曰圃。

樊遲出。子曰。小人哉樊須也。小人。謂細民。孟子所謂小人之事者也。

上好禮。則民莫敢不敬。上好義。則民莫敢不服。上好信。則民莫敢不用情。夫如是。則四方之民襁負其子而至矣。焉用稼。好。去聲。夫。音扶。襁。居丈反。焉。於虔反。

禮義信。大人之事也。好義。則事合宜。情。誠實也。敬服用情。蓋各以其類而應也。襁。織縷爲之。以約小兒於背者。○楊氏曰。樊須遊聖人之門。而問稼圃。志則陋矣。辭而闢之可也。待其出而後言其非。何也。蓋於其問也。自謂農圃之不如。則拒之者至矣。須之學。疑不及此。而不能問。不能以三隅反矣。故不復。及其旣出。則懼其終不喻也。求老農老圃而學焉。則其失愈遠矣。故復言之。使知前所言者意有在也。

○子曰。誦詩三百。授之以政。不達。使於四方。不能專對。雖多。亦奚以爲。使。去聲。

專獨也詩本人情該物理可以驗風俗之盛
衰見政治之得失其言温厚和平長於風諭
故誦之者必達於政而能言也○程子曰窮
經將以致用也世之誦詩者果能從政而專
對乎然則其所學者章句
之末耳此學者之大患也

○子曰其身正不令而行其身不正
雖令不從

○子曰魯衛之政兄弟也
魯周公之後衛康叔之後本兄弟之國
而是時衰亂政亦相似故孔子嘆之

○子謂衛公子荊善居室始有曰苟

合矣少有曰苟完矣富有曰苟美矣
公子荊衛大夫苟聊且粗略之意合聚也完
備也言其循序而有節不以欲速盡美累其
心○楊氏曰務為全美則累物而驕吝之心
生公子荊皆曰苟而已則不以外物為心其
欲易足
故也

○子適衛冉有僕
僕御
車也

子曰庶矣哉
庶衆
也

冉有曰既庶矣又何加焉曰富之
庶而不富則民生不遂故制田里薄賦斂以富之
曰既富矣又何加焉曰教之
富而不教則近於禽獸故必立學校明禮義以教之○胡氏曰天生斯民立之司牧而寄以三事然自三代之後能舉此職者百無一二漢之文明唐之太宗亦云庶且富矣西京之教無聞焉明帝尊師重傳臨雍拜老宗戚子弟莫不受學唐太宗大召名儒增廣生員教亦至矣然而未知所以教也三代之教天子公卿躬行於上言行政事皆可師法彼二君者其能然乎

○子曰苟有用我者朞月而已可也三年有成
朞月謂周一歲之月也可者僅辭言綱紀布也有成治功成也○尹氏曰孔子歎當時莫能用己也故云然愚按史記此蓋爲衛靈公不能用而發

○子曰善人爲邦百年亦可以勝殘去殺矣誠哉是言也勝平聲去上聲
爲邦百年言相繼而久也勝殘化殘暴之人使不爲惡也去殺謂民化於善可以不用刑殺也蓋古有是言而夫子稱之程子曰漢自高惠至于文景黎民醇厚幾致刑措庶乎其

近之矣。○尹氏曰。勝殘去殺。不爲惡而已。善人之功如是。若夫聖人。則不待百年。其化亦不止此

○子曰。如有王者。必世而後仁

王者。謂聖人受命而興也。三十年爲一世。仁。謂教化浹也。程子曰。周自文武至于成王。而後禮樂興。即其效也。○或問三年必世。遲速不同何也。程子曰。三年有成。謂法度紀綱有成而化行也。漸民以仁。摩民以義。使之浹於肌膚。淪於骨髓。而禮樂可興。所謂仁也。此非積久。何以能致

○子曰。苟正其身矣。於從政乎何有。不能正其身。如正人何

○冉有退朝。子曰。何晏也。對曰。有政。子曰。其事也。如有政。雖不吾以。吾其與聞之

朝音潮。與去聲

冉有時爲季氏宰。朝。季氏之私朝也。晏。晚也。政。國政。事。家事。以。用也。禮。大夫雖不治事。猶得與聞國政。是時季氏專魯。其於國政。蓋有不與同列議於公朝。而獨與家臣謀於私室者。故孔子爲不知者而言。此必季氏之家事耳。若是國政。我嘗爲大夫。雖不見用。猶當與聞。今既不聞。則是非國政也。語意與魏徵獻陵之對略相似。其所以正名分。抑季氏。而教

乎

范氏曰。知不善而莫之違。則忠言不至於耳。君日驕而臣日諂。未有不喪邦者也。○謝氏曰。知爲君之難。則必敬謹以持之。惟其言而莫予違。則讒諂面諛之人至矣。邦未必遽興喪也。而興喪之源分於此。然此非識微之君子何足以知之

○葉公問政

音義並見第七篇

子曰。近者說。遠者來。 說音悅

被其澤則說。聞其風則來。然必近者說。而後遠者來也

○子夏爲莒父宰。問政。子曰。無欲速。無見小利。欲速則不達。見小利則大事不成。 父音甫

莒父。魯邑名。欲事之速成。則急遽無序而反不達。見小者之爲利。則所就者小而所失者大矣。○程子曰。子張問政。子曰居之無倦。行之以忠。子夏問政。子曰無欲速。無見小利。子張常過高而未仁。子夏之病常在近小。故各以切己之事告之

○葉公語孔子曰。吾黨有直躬者。其父攘羊而子證之。 語去聲

直躬，直身而行者。有因而盜曰攘。

孔子曰：「吾黨之直者異於是。父爲子隱，子爲父隱，直在其中矣。」爲，去聲。

父子相隱，天理人情之至也。故不求爲直，而直在其中。○謝氏曰：「順理爲直。父不爲子隱，子不爲父隱，於理順邪？瞽瞍殺人，舜竊負而逃，遵海濱而處。當是時，愛親之心勝，其於直不直，何暇計哉？」

樊遲問仁。子曰：「居處恭，執事敬，與人忠。雖之夷狄，不可棄也。」

恭主容，敬主事。恭見於外，敬主乎中。之夷狄不可棄，勉其固守而勿失也。○程子曰：「此是徹上徹下語。聖人初無二語也，充之則睟面盎背，推而達之則篤恭而天下平矣。」胡氏曰：「樊遲問仁者三：此最先，先難次之，愛人其最後乎？」

○子貢問曰：「何如斯可謂之士矣？」子曰：「行己有恥，使於四方，不辱君命，可謂士矣。」

此其志有所不爲，而其材足以有爲者也。子貢能言，故以使事告之。蓋爲使之難，不獨貴於能言而已。

曰敢問其次曰宗族稱孝焉鄉黨稱弟焉弟去聲

此本立而材不足者故爲其次

曰敢問其次曰言必信行必果硜硜然小人哉抑亦可以爲次矣行去聲硜苦耕反

果必行也硜小石之堅確者小人言其識量之淺狹也此其本末皆無足觀然亦不害其爲自守也故聖人猶有取焉下此則市井之人不復可爲士矣

曰今之從政者何如子曰噫斗筲之人何足算也筲所交反算亦作筭悉亂反

今之從政者蓋如魯三家之屬噫心不平聲斗量名容十升筲竹器容斗二升斗筲之人言鄙細也算數也子貢之問每下故夫子以是警之○程子曰子貢之意蓋欲爲皎皎之行聞於人者夫子告之皆篤實自得之事

○子曰不得中行而與之必也狂狷乎狂者進取狷者有所不爲也狷音絹

行道也狂者志極高而行不掩狷者知未及而守有餘蓋聖人本欲得中道之人而教之

然既不可得。而徒得謹厚之人。則未必能自振拔而有爲也。故不若得此狂狷之人。猶可因其志節而激厲裁抑之以進於道。非與其終於此而已也。○孟子曰。孔子豈不欲中道哉。不可必得。故思其次也。如琴張曾皙牧皮者。孔子之所謂狂也。其志嘐嘐然曰。古之人古之人。夷考其行而不掩焉者也。狂者又不可得。欲得不屑不潔之士而與之。是狷也。是又其次也。

○子曰。南人有言曰。人而無恒。不可以作巫醫。善夫。

恒胡登反夫音扶

南人。南國之人。恒。常久也。巫。所以交鬼神。醫所以寄死生。故雖賤役而尤不可以無常。孔

子稱其言而善之

不恒其德。或承之羞。

此易恒卦九三之辭。承。進也。

子曰。不占而已矣。

復加子曰。以別易文也。其義未詳。楊氏曰。君子於易苟玩其占。則知無常之取羞矣。其爲無常也。蓋亦不占而已矣。意亦略通。

○子曰。君子和而不同。小人同而不和。

和者無乖戾之心同者有阿比之意○尹氏曰君子尚義故有不同小人尚利安得而和

○子貢問曰鄉人皆好之何如子曰未可也鄉人皆惡之何如子曰未可也不如鄉人之善者好之其不善者惡之 好惡並去聲

一鄉之人宜有公論矣然其間亦各以類自爲好惡也故善者好之而惡者不惡則必其有苟合之行惡者惡之而善者不好則必其無可好之實

○子曰君子易事而難說也說之不以道不說也及其使人也器之小人難事而易說也說之雖不以道說也及其使人也求備焉 易去聲說音悅

器之謂隨其材器而使之也君子之心公而恕小人之心私而刻天理人欲之間每相反而已矣

○子曰君子泰而不驕小人驕而不泰

君子循理故安舒而不矜肆小人逞欲故反是

○子曰剛毅木訥近仁

程子曰木者質樸訥者遲鈍四者質之近乎仁者也楊氏曰剛毅則不屈於物欲木訥則不至於外馳故近仁

○子路問曰何如斯可謂之士矣子曰切切偲偲怡怡如也可謂士矣朋友切切偲偲兄弟怡怡

胡氏曰切切懇到也偲偲詳勉也怡怡和悅也皆子路所不足故告之又恐其混於所施則兄弟有賊恩之禍朋友有善柔之損故又別而言之

○子曰善人教民七年亦可以即戎矣

教民者教之以孝弟忠信之行務農講武之法即就也戎兵也民知親其上死其長故可以即戎○程子曰七年云者聖人度其時可矣如云朞月三年百年一世大國五年小國七年之類皆當思其作為如何乃有益

○子曰以不教民戰是謂棄之

以用也言用不教之民以戰必有敗亡之禍是棄其民也

憲問第十四

○子曰：剛毅木訥近仁。

程子曰：木者質樸，訥者遲鈍。四者，質之近乎仁者也。楊氏曰：剛毅則不屈於物欲，木訥則不至於外馳，故近仁。

○子路問曰：何如斯可謂之士矣？子曰：切切偲偲，怡怡如也，可謂士矣。朋友切切偲偲，兄弟怡怡。

胡氏曰：切切，懇到也。偲偲，詳勉也。怡怡，和悅也。皆子路所不足，故告之。又恐其混於所施，則兄弟有賊恩之禍，朋友有善柔之損，故又別而言之。

○子曰：善人教民七年，亦可以即戎矣。

教民者，教之孝悌忠信之行，務農講武之法。即，就也。戎，兵也。民知親其上，死其長，故可以即戎。程子曰：七年云者，聖人度其時可矣。如云期月、三年、百年、一世、大國五年、小國七年之類，皆當思其作為如何乃有益。

○子曰：以不教民戰，是謂棄之。

以，用也。言用不教之民以戰，必有敗亡之禍，是棄其民也。

憲問第十四

○子曰。剛毅木訥近仁。

程子曰。木者。質樸。訥者。遲鈍。四者。質之近乎仁者也。楊氏曰。剛毅則不屈於物欲。木訥則不至於外馳。故近仁。

○子路問曰。何如斯可謂之士矣。子曰。切切偲偲。怡怡如也。可謂士矣。朋友切切偲偲。兄弟怡怡。

胡氏曰。切切。懇到也。偲偲。詳勉也。怡怡。和悅也。皆子路所不足。故告之。又恐其混於所施。則兄弟有賊恩之禍。朋友有善柔之損。故又別而言之。

○子曰。善人教民七年。亦可以即戎矣。

教民者。教之以孝弟忠信之行。務農講武之法。即。就也。戎。兵也。民知親其上。死其長。故可以即戎。○程子曰。七年云者。聖人度其時可矣。如云朞月。三年。百年。一世。大國五年。小國七年之類。皆當思其作爲如何。乃有益。

○子曰。以不教民戰。是謂棄之。

以。用也。言用不教之民以戰。必有敗亡之禍。是棄其民也。

憲問第十四

胡氏曰此篇疑原憲所記凡四十七章

憲問恥子曰邦有道穀邦無道穀恥也

憲原思名穀祿也邦有道不能有爲邦無道不能獨善而但知食祿皆可恥也憲之狷介其於邦無道穀之可恥固知之矣至於邦有道穀之可恥則未必知也故夫子因其問而并言之以廣其志使知所以自勉而進於有爲也

○克伐怨欲不行焉可以爲仁矣

此亦原憲以其所能而問也克好勝伐自矜怨忿恨欲貪欲

子曰可以爲難矣仁則吾不知也

有是四者而能制之使不得行可謂難矣仁則天理渾然自無四者之累不行不足以言之也○程子曰人而無克伐怨欲惟仁者能之有之而能制其情使不行斯亦難能也謂之仁則未也此聖人開示之深惜乎憲之不能再問也或曰四者不行固不得爲仁矣然亦豈非所謂克己之事求仁之方乎曰克去己私以復乎禮則私欲不留而天理之本然者得矣若但制而不行則是未有拔去病根之意而容其潛藏隱伏於胷中也豈克己求仁之謂哉學者察於二者之間則其所以求仁之功益親切而無滲漏矣

○子曰士而懷居不足以爲士矣

居謂意所便安處也

○子曰邦有道危言危行邦無道危行言孫行孫並去聲

危高峻也孫卑順也尹氏曰君子之持身不可變也至於言則有時而不敢盡以避禍也然則爲國者使士言孫豈不殆哉

○子曰有德者必有言有言者不必有德仁者必有勇勇者不必有仁

有德者和順積中英華發外能言者或便佞口給而已仁者心無私累見義必爲勇者或血氣之強而已○尹氏曰有德者必有言徒能言者未必有德也仁者志必勇徒能勇者未必有仁也

○南宮适問於孔子曰羿善射奡盪舟俱不得其死然禹稷躬稼而有天下夫子不答南宮适出子曰君子哉若人尚德哉若人适古活反羿音詣奡五報反盪土浪反

南宮适即南容也羿有窮之君善射滅夏后相而簒其位其臣寒浞又殺羿而代之奡春秋傳作澆浞之子也力能陸地行舟後爲夏后少康所誅禹平水土暨稷播種身親稼穡

居，謂意所便安處也。

○子曰：「邦有道，危言危行；邦無道，危行言孫。」行、孫，並去聲。

危，高峻也。孫，卑順也。尹氏曰：「君子之持身不可變也，至於言則有時而不敢盡，以避禍也。然則爲國者使士言孫，豈不殆哉？」

○子曰：「有德者必有言，有言者不必有德。仁者必有勇，勇者不必有仁。」

有德者，和順積中，英華發外。能言者，或便佞口給而已。仁者，心無私累，見義必爲。勇者，或血氣之強而已。○尹氏曰：「有德者必有言，徒能言者未必有德也。仁者志必勇，徒能勇者未必有仁也。」

○南宮适問於孔子曰：「羿善射，奡盪舟，俱不得其死然。禹稷躬稼而有天下。」夫子不答。南宮适出。子曰：「君子哉若人！尚德哉若人！」适，古活反。羿，音詣。奡，五報反。盪，土浪反。

南宮适，即南容也。羿，有窮之君，善射，滅夏后相而篡其位。其臣寒浞又殺羿而代之。奡，春秋傳作澆，浞之子也，力能陸地行舟，後爲夏后少康所誅。禹平水土暨稼之事。禹受舜禪而有天下。稷之後至周武王亦有天下。适之意蓋以羿奡比當世有權力者。而以禹稷比孔子也。故孔子不荅。然适之言如此。可謂君子之人而有尚德之心矣。不可以不與。故俟其出而贊美之

○子曰。君子而不仁者有矣夫。未有小人而仁者也。夫音扶

謝氏曰。君子志於仁矣。然毫忽之間心不在焉。則未免爲不仁也

○子曰。愛之能勿勞乎。忠焉能勿誨乎。

蘇氏曰。愛而勿勞。禽犢之愛也。忠而勿誨。婦寺之忠也。愛而知勞之。則其爲愛也深矣。忠而知誨之。則其爲忠也大矣

○子曰。爲命。裨諶草創之。世叔討論之。行人子羽脩飾之。東里子産潤色之。

裨諶以下四人。皆鄭大夫。草。略也。創。造也。謂造爲草藁也。世叔。游吉也。春秋傳作子太叔討。尋究也。論。講議也。行人。掌使之官。子羽。公孫揮也。脩飾。謂增損之。東里。地名。子産所居也。潤色。謂加以文采也。鄭國之爲辭命。必更此四賢之手而成。詳審精密。各盡所長。是以

應對諸侯鮮有敗事孔子言此蓋善之也

○或問子產子曰惠人也

子產之政不專於寬然其心則一以愛人爲主故孔子以爲惠人蓋舉其重而言也

問子西曰彼哉彼哉

子西楚公子申能遜楚國立昭王而改紀其政亦賢大夫也然不能革其僭王之號昭王欲用孔子又沮止之其後卒召白公以致禍亂則其爲人可知矣彼哉者外之之詞

問管仲曰人也奪伯氏駢邑三百飯疏食沒齒無怨言

人也猶言此人也伯氏齊大夫駢邑地名齒年也蓋桓公奪伯氏之邑以與管仲伯氏自知己罪而心服管仲之功故窮約以終身而無怨言荀卿所謂與之書社三百而富人莫之敢拒者即此事也○或問管仲子產孰優曰管仲之德不勝其才子產之才不勝其德然於聖人之學則槩乎其未有聞也

○子曰貧而無怨難富而無驕易

易去聲處貧難處富易人之常情然人當勉其難而不可忽其易也

○子曰孟公綽爲趙魏老則優不可

以爲滕、薛大夫。

公綽，魯大夫。趙、魏，晉卿之家。老，家臣之長。大家勢重而無諸侯之事；家老望尊而無官守之責。優，有餘也。滕、薛，二國名。大夫，任國政者。滕、薛國小政繁，大夫位高責重。然則公綽蓋廉靜寡欲，而短於才者也。○楊氏曰：「知之弗豫，枉其才而用之，則爲棄人矣。此君子所以患不知人也。言此，則孔子之用人可知矣。」

○子路問成人。子曰：「若臧武仲之知，公綽之不欲，卞莊子之勇，冉求之藝，文之以禮樂，亦可以爲成人矣。」知，去聲。

成人，猶言全人。武仲，魯大夫，名紇。莊子，魯卞邑大夫。言兼此四子之長，則知足以窮理，廉足以養心，勇足以力行，藝足以泛應，而又節之以禮，和之以樂，使德成於內，而文見乎外。則材全德備，渾然不見一善成名之迹；中正和樂，粹然無復偏倚駁雜之蔽，而其爲人也亦成矣。然亦之爲言，非其至者，蓋就子路之所可及而語之也。若論其至，則非聖人之盡人道，不足以語此。

曰：「今之成人者何必然？見利思義，見危授命，久要不忘平生之言，亦可以爲成人矣。」

復加曰字者，既答而復言也。授命，言不愛其生，持以與人也。久要，舊約也。平生，平日也。有是忠信之實，則雖其才知禮樂有所未備，亦可以爲成人之次也。程子曰：知之明，信之篤，行之果，天下之達德也。若孔子所謂成人，亦不出此三者。武仲，知也；公綽，仁也；卞莊子，勇也；冉求，藝也。須是合此四人之能，文之以禮樂，亦可以爲成人矣。然而論其大成，則不止於此。若今之成人，有忠信而不及於禮樂，則又其次者也。又曰：臧武仲之知，非正也。若文之以禮樂，則無不正矣。又曰：語成人之名，非聖人孰能之。孟子曰：惟聖人然後可以踐形。如此方可以稱成人之名。胡氏曰：今之成人以下，乃子路之言。蓋不復聞斯行之之勇，而有終身誦之之固矣。未詳是否。

○子問公叔文子於公明賈曰：信乎，夫子不言不笑不取乎？

公叔文子，衛大夫公孫枝也。公明，姓；賈，名；亦衛人。文子爲人，其詳不可知，然必廉靜之士，故當時以三者稱之。

公明賈對曰：以告者過也。夫子時然後言，人不厭其言；樂然後笑，人不厭其笑；義然後取，人不厭其取。子曰：其然，豈其然乎？

按春秋傳，齊襄公無道，鮑叔牙奉公子小白奔莒。及無知弒襄公，管夷吾、召忽奉公子糾奔魯。魯人納之，未克，而小白入，是為桓公。使魯殺子糾而請管、召，召忽死之，管仲請囚。鮑叔牙言於桓公以為相。子路疑管仲忘君事讎，忍心害理，不得為仁也。

子曰：「桓公九合諸侯，不以兵車，管仲之力也。如其仁！如其仁！」九，春秋傳作糾，督也，古字通用。不以兵車，言不假威力也。如其仁，言誰如其仁者，又再言以深許之。蓋管仲雖未得為仁人，而其利澤及人，則有仁之功矣。

○子貢曰：「管仲非仁者與？桓公殺公

子糾，不能死，又相之。」與，平聲。相，去聲。子貢意不死猶可，相之則已甚矣。

子曰：「管仲相桓公，霸諸侯，一匡天下，民到于今受其賜。微管仲，吾其被髮左衽矣。被，皮寄反。衽，而審反。霸，與伯同，長也。匡，正也。尊周室，攘夷狄，皆所以正天下也。微，無也。衽，衣衿也。被髮左衽，夷狄之俗也。

豈若匹夫匹婦之為諒也，自經於溝

瀆而莫之知也

諒小信也經縊也莫之知人不知也後漢書引此文莫字上有八字○程子曰桓公兄也子糾弟也仲私於所事輔之以爭國非義也桓公殺之雖過而糾之死實當仲始與之同謀遂與之同死可也知輔之爭為不義將自免以圖後功亦可也故聖人不責其死而稱其功若使桓弟而糾兄管仲所輔者正桓奪其國而殺之則管仲之與桓不可同世之讎也若計其後功而與其事桓聖人之言無乃害義之甚啓萬世反覆不忠之亂乎如唐之王珪魏徵不死建成之難而從太宗可謂害於義矣後雖有功何足贖哉愚謂管仲有功而無罪故聖人獨稱其功王魏先有罪而後有功則不以相掩可也

○公叔文子之臣大夫僎與文子同升諸公僎士免反

臣家臣公公朝謂薦之與己同進為公朝之臣也

子聞之曰可以為文矣

文者順理而成章之謂謚法亦有所謂錫民爵位曰文者○洪氏曰家臣之賤而引之使與己並有三善焉知人一也忘己二也事君三也

○子言衛靈公之無道也康子曰夫如是奚而不喪夫音扶喪去聲

喪失位也

孔子曰仲叔圉治賓客祝鮀治宗廟王孫賈治軍旅夫如是奚其喪

仲叔圉即孔文子也三人皆衛臣雖未必賢而其才可用靈公用之又各當其才○尹氏曰衛靈公之無道宜喪也而能用此三人猶足以保其國而況有道之君能用天下之賢才者乎詩曰無競維人四方其訓之

○子曰其言之不怍則爲之也難

大言不慚則無必爲之志而不自度其能否矣欲踐其言豈不難哉

○陳成子弑簡公

成子齊大夫名恒簡公齊君名壬事在春秋哀公十四年

孔子沐浴而朝告於哀公曰陳恒弑其君請討之

朝音潮

是時孔子致仕居魯沐浴齊戒以告君重其事而不敢忽也臣弑其君人倫之大變天理所不容人人得而誅之況鄰國乎故夫子雖已告老而猶請哀公討之

公曰告夫三子

夫音扶下告夫同

三子三家也時政在三家哀公不得自專故使孔子告之

孔子曰以吾從大夫之後不敢不告

孔子出而自言如此意謂弒君之賊法所必討大夫謀國義所當告君乃不能自命三子而使我告之耶

也君曰告夫三子者

之三子告不可孔子曰以吾從大夫之後不敢不告也

以君命往告而三子魯之強臣素有無君之心實與陳氏聲勢相倚故沮其謀而夫子復以此應之其所以警之者深矣○程子曰左氏記孔子之言曰陳恒弒其君民之不予者

半以魯之衆加齊之半可克也此非孔子之言誠若此言是以力不以義也若孔子之志必將正名其罪上告天子下告方伯而率與國以討之至於所以勝齊者孔子之餘事也豈計魯人之衆寡哉當是時天下之亂極矣因是足以正之周室其復興乎魯之君臣終不從之可勝惜哉胡氏曰春秋之法弒君之賊人得而討之仲尼此舉先發後聞可也

○子路問事君子曰勿欺也而犯之

犯謂犯顏諫爭○范氏曰犯非子路之所難也而以不欺為難故夫子教以先勿欺而後犯也

○子曰君子上達小人下達

君子循天理。故日進乎高明。小人徇人欲。故日究乎汙下。

○子曰。古之學者爲己。今之學者爲人。爲去聲

程子曰。爲己。欲得之於己也。爲人。欲見知於人也。○程子曰。古之學者爲己。其終至於成物。今之學者爲人。其終至於喪己。愚按聖賢論學者用心得失之際。其說多矣。然未有如此言之切而要者。於此明辨而日省之。則庶乎其不昧於所從矣。

○蘧伯玉使人於孔子。使去聲下同

蘧伯玉。衛大夫。名瑗。孔子居衛。嘗主於其家。旣而反魯。故伯玉使人來也。

孔子與之坐而問焉。曰。夫子何爲。對曰。夫子欲寡其過而未能也。使者出。子曰。使乎使乎。

與之坐。敬其主以及其使也。夫子。指伯玉也。言其但欲寡過而猶未能。則其省身克己。常若不及之意可見矣。使者之言愈自卑約。而其主之賢益彰。亦可謂深知君子之心而善於詞令者矣。故夫子再言使乎以重美之。按莊周稱伯玉行年五十而知四十九年之非。又曰伯玉行年六十而六十化。蓋其進德之功。老而不倦。是以踐履篤實。光輝宣著。不惟使者知之。而夫子亦信之也。

○子曰。不在其位。不謀其政。

重出

○曾子曰。君子思不出其位。

此艮卦之象辭也。曾子蓋嘗稱之。記者因上章之語而類記之也。○范氏曰。物各止其所。而天下之理得矣。故君子所思不出其位。而君臣上下大小。皆得其職也。

○子曰。君子恥其言而過其行。行去聲

恥者。不敢盡之意。過者。欲有餘之詞。

○子曰。君子道者三。我無能焉。仁者

不憂。知者不惑。勇者不懼。知去聲

○子貢曰。夫子自道也。自責以勉人也

道。言也。自道。猶云謙辭。○尹氏曰。成德以仁爲先。進學以知爲先。故夫子之言其序有不同者以此。

○子貢方人。子曰。賜也賢乎哉。夫我則不暇。夫音扶

方。比也。乎哉。疑辭。比方人物而較其短長。雖亦窮理之事。然專務爲此。則心馳於外。而所

以自治者跡矣故褒之而疑其詞復自貶以深抑之○謝氏曰聖人責人辭不迫切而意已獨至如此

○子曰不患人之不已知患其不能也

凡章指同而文不異者一言而重出也文小異者屢言而各出也此章凡四見而文皆有異則聖人於此一事蓋屢言之其丁寧之意亦可見矣

○子曰不逆詐不億不信抑亦先覺者是賢乎

逆未至而迎之也億未見而意之也詐謂人欺己不信謂人疑己抑反語辭言雖不逆不億而於人之情僞自然先覺乃爲賢也○楊氏曰君子一於誠而已然未有誠而不明者故雖不逆詐不億不信而常先覺也若夫不逆不億而卒爲小人所罔焉斯亦不足觀也已

○微生畝謂孔子曰丘何爲是栖栖者與無乃爲佞乎 與平聲

微生姓畝名也畝名呼夫子而辭甚倨蓋有齒德而隱者栖栖依依也爲佞言其務爲口給以悅人也

孔子曰。非敢爲佞也。疾固也。

疾。惡也。固。執一而不通也。聖人之於達尊。禮恭而言直如此。其警之亦深矣。

○子曰。驥不稱其力。稱其德也。

驥。善馬之名。德。謂調良也。○尹氏曰。驥雖有力。其稱在德。人有才而無德。則亦奚足尚哉。

○或曰。以德報怨。何如。

或人所稱。今見老子書。德。謂恩惠也。

子曰。何以報德。

言於其所怨。既以德報之矣。則人之有德於我者。又將何以報之乎。

以直報怨。以德報德。

於其所怨者。愛憎取舍。一以至公而無私。所謂直也。於其所德者。則必以德報之。不可忘也。○或人之言。可謂厚矣。然以聖人之言觀之。則見其出於有意之私。而怨德之報皆不得其平也。必如夫子之言。然後二者之報各得其所。然怨有不讎。而德無不報。則又未嘗不厚也。此章之言。明白簡約。而其指意曲折反復。如造化之簡易易知。而微妙無窮。學者所宜詳玩也。

○子曰。莫我知也夫。夫音扶

夫子自嘆。以發子貢之問也。

子貢曰。何爲其莫知子也。子曰。不怨天。不尤人。下學而上達。知我者其天乎。

不得於天而不怨天。不合於人而不尤人。但知下學而自然上達。此但自言其反己自脩。循序漸進耳。無以甚異於人而致其知也。然深味其語意。則見其中自有人不及知。而天獨知之之妙。蓋在孔門。惟子貢之智幾足以及此。故特語以發之。惜乎其猶有所未達也。○程子曰。不怨天。不尤人。在理當如此。又曰。下學上達。意在言表。又曰。學者須守下學上達之語。乃學之要。蓋凡下學人事。便是上達天理。然習而不察。則亦不能以上達矣。

○公伯寮愬子路於季孫。子服景伯以告。曰。夫子固有惑志於公伯寮。吾力猶能肆諸市朝。

公伯寮魯人。子服氏。景謚。伯字。魯大夫子服何也。夫子指季孫。言其有疑於寮之言也。肆。陳尸也。言欲誅寮。

子曰。道之將行也與。命也。道之將廢也與。命也。公伯寮其如命何。與平聲

謝氏曰。雖寮之愬行。亦命也。其實寮無如之何。愚謂言此以曉景伯。安子路。而警伯寮耳。

聖人於利害之際則不待決於命而後泰然也

○子曰賢者辟世辟去聲下同

天下無道而隱若伯夷太公是也

其次辟地去亂國適治邦

其次辟色禮貌衰而去

其次辟言有違言而後去也○程子曰四者雖以大小次第言之然非有優劣也所遇不同爾

○子曰作者七人矣李氏曰作起也言起而隱去者今七人矣不可知其誰何必求其人以實之則鑿矣

○子路宿於石門晨門曰奚自子路曰自孔氏曰是知其不可而為之者與與平聲

石門地名晨門掌晨啓門蓋賢人隱於抱關者也自從也問其何所從來也胡氏曰晨門知世之不可而不為故以是譏孔子然不知聖人之視天下無不可為之時也

○子擊磬於衛。有荷蕢而過孔氏之門者。曰。有心哉。擊磬乎。荷去聲

磬。樂器。荷。擔也。蕢。草器也。此荷蕢者。亦隱士也。聖人之心未嘗忘天下。此人聞其磬聲而知之。則亦非常人矣

旣而曰。鄙哉。硜硜乎。莫己知也。斯己而已矣。深則厲。淺則揭。硜苦耕反 揭起例反

硜硜。石聲。亦專確之意。以衣涉水曰厲。攝衣涉水曰揭。此兩句衛風匏有苦葉之詩也。譏孔子人不知己而不止。不能適淺深之宜

子曰。果哉。末之難矣。

果哉。歎其果於忘世也。末。無也。聖人心同天地。視天下猶一家。中國猶一人。不能一日忘也。故聞荷蕢之言。而歎其果於忘世。且言人之出處。若但如此。則亦無所難矣

○子張曰。書云。高宗諒陰。三年不言。何謂也。

高宗。商王武丁也。諒陰。天子居喪之名。未詳其義

子曰。何必高宗。古之人皆然。君薨。百官總己以聽於冢宰三年。

○子擊磬於衛，有荷蕢而過孔氏之門者，曰：「有心哉，擊磬乎！」

磬，樂器。荷，擔也。蕢，草器也。此荷蕢者，亦隱士也。聖人之心未嘗忘天下，此人聞其磬聲而知之，則亦非常人矣。

既而曰：「鄙哉，硜硜乎！莫己知也，斯已而已矣。深則厲，淺則揭。」

硜，苦耕反。揭，起例反。硜硜，石聲，亦專確之意。以衣涉水曰厲，攝衣涉水曰揭。此兩句，衛風匏有苦葉之詩也。譏孔子人不知己而不止，不能適淺深之宜。

子曰：「果哉！末之難矣。」

果哉，歎其果於忘世也。末，無也。聖人心同天地，視天下猶一家，中國猶一人，不能一日忘也。故聞荷蕢之言，而歎其果於忘世。且言人之出處，若但如此，則亦無所難矣。

○子張曰：「書云：『高宗諒陰，三年不言。』何謂也？」

高宗，商王武丁也。諒陰，天子居喪之名，未詳其義。

子曰：「何必高宗，古之人皆然。君薨，百官總己以聽於冢宰三年。」

言君薨。則諸侯亦然。總己。謂總攝己職。冢宰。大宰也。百官聽於冢宰。故君得以三年不言也。○胡氏曰。位有貴賤。而生於父母無以異者。故三年之喪自天子達。子張非疑此也。殆以爲人君三年不言。則臣下無所禀令。禍亂或由以起也。孔子告以聽於冢宰。則禍亂非所憂矣

○子曰。上好禮。則民易使也。好易皆去聲

謝氏曰。禮達而分定。故民易使

○子路問君子。子曰。脩己以敬。曰。如斯而已乎。曰。脩己以安人。曰。如斯而已乎。曰。脩己以安百姓。脩己以安百姓。堯舜其猶病諸

脩己以敬。夫子之言至矣盡矣。而子路少之。故再以其充積之盛自然及物者告之。無他道也。人者。對己而言。百姓則盡乎人矣。堯舜猶病。言不可以有加於此。以抑子路。使反求諸近也。蓋聖人之心無窮。世雖極治。然豈能必知四海之內果無一物不得其所哉。故堯舜猶以安百姓爲病。若曰吾治已足。則非所以爲聖人矣。○程子曰。君子脩己以安百姓。篤恭而天下平。唯上下一於恭敬。則天地自位。萬物自育。氣無不和。而四靈畢至矣。此體信達順之道。聰明睿知皆由是出。以此事天饗帝。

○子曰。上好禮。則民易使也。

[illegible]

○子路問君子。子曰。脩己以敬。曰。如斯而已乎。曰。脩己以安人。曰。如斯而已乎。曰。脩己以安百姓。脩己以安百姓。堯舜其猶病諸。

[illegible]

○原壤夷俟。子曰：幼而不孫弟，長而無述焉，老而不死，是爲賊。以杖叩其脛。孫弟並去聲。長，上聲。叩，音口。脛，其定反。

原壤，孔子之故人。母死而歌，蓋老氏之流，自放於禮法之外者。夷，蹲踞也。俟，待也。言見孔子來而蹲踞以待之也。述，猶稱也。賊者，害人之名。以其自幼至老，無一善狀，而久生於世，徒足以敗常亂俗，則是賊而已矣。脛，足骨也。孔子既責之，而因以所曳之杖，微擊其脛，若使勿蹲踞然。

○闕黨童子將命。或問之曰：益者與？與，平聲。

闕黨，黨名。童子，未冠者之稱。將命，謂傳賓主之言。或人疑此童子學有進益，故孔子使之傳命以寵異之也。

子曰：吾見其居於位也，見其與先生並行也。非求益者也，欲速成者也。

禮，童子當隅坐隨行。孔子言吾見此童子，不循此禮。非能求益，但欲速成爾。故使之給使令之役，觀長少之序，習揖遜之容。蓋所以抑而教之，非寵而異之也。

論語卷之七

